KB268654

우리시대 현대시조 100인선 50

슬픔의 한복판

백 이 운

태학사

우리 시대 현대시조 100인선   50

슬픔의 한복판

초판 인쇄 2000년 12월 28일 • 초판 발행 2001년 1월 1일 • 지은이
백이운 • 펴낸이 지현구 • 펴낸곳 태학사 • 주소 서울시 서초구 서초
2동 1357−42 • 전화 (02) 584−1740 (代) • 팩스 (02) 584−1730 • e-mail
thaehak4@chollian.net • http://www.thaehak4.com • 등록 제22−1455호

ISBN   89-7626-621-8   04810 • ISBN   89-7626-507-6   (세트)

☞ 저자와 협의하에 인지를 생략합니다.
☞ 파본은 구입한 곳이나 본사에서 바꾸어 드립니다.

〈한국시조작품상〉 수상식에서(1994) (첫줄 왼쪽부터 최재복, 김용오, 김영희, 서벌, 필자, 정완영, 이상범, 김남환, 김종희 시인. 뒷줄 왼쪽부터 김영민, 박재삼, 이길원, 김명숙, 박진환 시인)

같은 날 여류시조 시인들과 함께(앞줄 왼쪽부터 김태은, 남궁경숙, 홍오선 시인. 뒷줄 왼쪽부터 이지연, 김수자, 김정숙, 김남환, 필자, 정완영, 김해석, 경규희, 김일연 시인)

〈시문학회〉 세미나를 마치고 남원 실상사에서(1999) (둘째줄 왼쪽에서 두 번째가 필자. 중앙에 문덕수 선생님을 비롯하여 뒷줄에 김규화, 신동춘, 이영걸 시인의 모습도 보인다.)

차례

별

옛날 옛적 신(神)은 작고 예쁜 각시 같은

찰랑대는 금빛 별 하나 만들어 놓고

당신의 재주에 취해
슬멋 잠에 빠지셨다.

사랑이란 덕목(德目)을 깜빡 잊은 것이다

그 뜨거운 입김 불어넣어 주기를

슬픔의 한복판에서
웃고 있는, 저 파란 별!

빈 산

우리들 넝마 같은 삶을 좀 돌아보라고

돌아보다간 더러 풀빛 웃음도 웃어 보라고

다 해진 검정 고무신
벼랑 위에 벗어 두었네.

누덕누덕 기운 장삼은 허공장(虛空藏)에 펼쳐두고

누구든 와서 입어 보라 그리곤 춤도 추어 보라고

침묵의 붉은 그 이름
빈 산 가득 울리네.

철쭉에 대하여

살짝 간 그 여자와 맛이 간 그 남자가 만나

배꼽 드러내고 밤새 시시덕거렸던 게야

한겨울 때 아니게 핀 철쭉꽃을 보자니.

저 옛날 한산습득(寒山拾得) 헤프게 웃던 웃음

아마 그 웃음자투리 몰래 고아 먹었던 게야

붉은 뺨 멍자죽도 잊고 배배틀고 있으라니.

맹물

향기로운
초록 슬픔
한 잔 차(茶)가 되거나

그 차(茶)에 바치는
눈물쯤 됐어야 했네

그러나
푼수처럼 마냥
맨숭맨숭 깨어 있는 술.

귀뚜라미

지상엔 마지막 가을이

목발을 짚고 갔네

허리가 휘이도록

하얀 밤을 걸어갔어도

살아서 그리움보다

더 먼 것은 없었네.

실(失)

어수룩한 저 거짓말 내 깜냥으론 잴 수 없어라

노냥 빈틈없었으면 제 그물에 걸렸을 걸

가을은
한 장 부도 수표
까닭 없이 등을 친다.

알면서 엎어지고 모르고도 자빠지는

삶이란 서푼짜리 귀 떨어진 쪽박인 걸

이참엔
죽비 소리를 내며
사정없다, 이 가을.

본색(本色)

가음에 숨어 있는 수심 깊은 절 한 채

와지끈 무너지며 풍경(風磬) 한 잎 띄웠네

스무 해 기운 누더기
미련 없이 버렸네.

전생(轉生)

누군가 손 흔들어 주고 있었다

눈꽃 바람 속을 아득히 돌아섰다

갈 길은 삼리 삽십리(三里 三十里)
불빛이 그리웠다.

시바의 눈

그대
눈을 관통한
그 눈길 피할 수 없네

지금 시방(十方)엔
죽음 같은
검은 비 내리고

울면서
파괴의 여신(女神)은
현란한 춤을 추느니.

그대 날개를
물들이는
사랑하는 시바의 춤

날아오를 때
날아오를지라도

젖은 날개는 펴지 마라

침묵의 사랑법 속으로
날개 접어
앉으라.

팔월 보름

하얗게
삭아 내린
일년 삼백 예순 날

생각에
또 불 먹이어
유등(流燈)으로 띄웁니다

열반경
깊고 푸른 뜻도
울먹이며 떠갑니다.

시신(詩神)에게

아닌 때
느닷없이,
혹은 어쩌다 눈멀어

도둑,
담을 넘듯
꿈에, 떡맛 뵈듯

넌지시,
꽃 한 송이 놓고
뒤도 아니 돌아보나.

신(神)의 삼월

눈 못 뜨는 삼월은 전생(前生)의 빚 갚는 달

그냥 좀 넘어가라
꽝꽝하게 숨었어도

안 내놔,
냉큼 못 내놔,
드리깨질 해댄다.

알 수 없는 별이 보낸 저 빚쟁이 반쪽 사랑

그 미친 연대(年代)의 사랑
은전 한 잎으로 못 때우고

살짝 간
익명의 꽃이
바스라진다, 신(神)의 삼월.

안부(安否)

어제는 술 마시고
오늘은 바람 붑니다

노래를 부르다가
흐득흐득 또 웃다가

덤 같은
달빛만 한줌
몰래 받아 들었지요.

사십

너에게로 가는 길은 멀고
나에게로 가는 길은 덧없어라

무덤덤히 윤이 도는
혹은 물 머금은 너 오석(烏石)이여

그러나
이젠 닦고 닦아도
비린내가 난다네.

흑백 사진

바리때 하나로 세상을 건너가자

스무 살 적 내 사랑이
다시 봄을 재촉하나

놀라 깬
개나리 군단(軍團)
그 너머에
네가 있네.

도깨비바늘

암호로 주고받던

우리 시대 끈끈한 사랑

이제 그런 은밀한

사랑법은 없는 거야

쑥 같은 세상이 오면

다시 그리울 거야.

숫돌

나 혼자 네 앞에 서면

가슴에서 새가 난다

슬픔 한 근 혹은 서 근

빚 갚듯 꺼내 놓고

일순에 내려칠 무한

푸른 칼을 집어든다.

사막의 달

내 귀가 문드러져

내 입이 문드러져

내 살이 문드러져

내 뼈가 문드러져

화약 문 내 피가 문드러져

검은 비에 젖고 있네.

저물 녘

어깻숨을 몰아쉬며 길은 다시 주저앉고

머리 푼 갈숲은 검은 산을 업고 섰네

깃 빠진 인생이 하나
희부연히 날고 있음이여.

어느 봄

봄눈이 자박자박
푸른 산을 내려가는

햇빛 기쁨으로 빛나고
바람 향기로운 날

누군가
가만 죽비를 놓고
풍경으로 울립니다.

빈 집

버리고 떠난 건 초록들이 먼저 알아

숨죽였던 어깨 펴고 기지개를 한껏 켜네

배꽃은 환한 미소로
끄덕끄덕 점두(點頭)하네.

길

아카시아 꽃향기 새하얗게 날리며
젖은 오월의 아스팔트를 자전거로 달리는
시도록 아픈 젊음이
나에게도 있었거니.

스무 해 전날의 푸른 자전거 바퀴가
스무 해 뒷날의 자전거 바퀴를 굴리네
상처를 보이지 말자
길은 먼 데로 뻗어 있다.

그

젊어 한때는 예리한 기합소리와 함께
검은 찝차가 왕자(王字)의 배를 깔아뭉개도
웃으며 짙은 눈썹만
꿈틀하고 말던 사내.

스파이 영화에라도 가끔씩 팔릴 때면
자기의 현존을 실루엣으로 대신하며
언젠간 히어로가 되리라
대망을 품던 사내.

장면이 바뀌면서는 점차 밀매꾼이 되거나
독심술을 흉내내는 서툰 교주 노릇에다
슬며시 정적(政敵)의 등뒤로
단검을 날리던 사내.

세계를 삼키겠노라 배포는 컸지만
우선은 일 번가 보스라도 되고 싶던
그 사내, 떠돌이 차력사

혹은 엑스트라 김(金).

김장 부근

하늘의 자손이던 것 그게 죄라면 죄다
대지의 딸이던 것 그것도 죄라면 죄다
옹골찬 무 배추들이
아찔하게 실려간다.

사지를 주리틀린 채 새파랗게 성나 있는
무리를 빠져 나온 무 두엇이 몸을 날린다
절규를 으깨버리며
바퀴는 달려가고.

잘리고 토막내진 남은 것들의 삭신이
소금에 절고 고춧가루에 버무려져
독 오른 김치 깍두기로
속절없이 변신할 때.

아무도 모른다 사라진 무 두엇을
길섶에 나뒹굴다 시커멓게 썩어 가는
썩어선 언젠간 다시 올

그 찬란한 상상력을.

삽화

가을 강이 귀를 막고
저만치 달아나고 있었다

억새풀 산발하고
땅을 치고 있었다

희미한
옛 사랑의 떨기가
핏빛으로 지워졌다.

태어나자마자 버려진
종년의 아이처럼

박살난 시간이
바르르 떨고 있었다

누리의,
그 뉘도 모르게

숨이 끊긴 햇살 한줌.

적일(寂日)

뉘게 주랴 이 한여름
난초꽃 서늘한 향기

마음은 들레는 말
천리를 달리건만

머금고
오롯이 앉아
등촉 하나 밝히다.

흙담

꽃잎 하나 피워 놓고
저리 자지러져 웃고 있다

뉘네 집 낮은 담장 밑
볕 안 드는 구석에도

이 악문
꿈은 있구나
붉은 피가 있구나.

인동(忍冬)

독이 잔뜩 오른 고추
숯이 된 앙가슴 엮어

조선의 바람이란 바람은 다 이리로 와 울어라

루핑집
낡은 지붕을
금(禁)줄처럼 둘러서라.

작은 봄

할머니 무덤가에
은비녀 반짝이네

망통 같은 꽃들이
슬금슬금 깨어나서

은밀한 생의 빛 잔치
화투판을 벌이네.

비탈

지상에서 밀려나
산번지 또 그 위로

허공 몇 평 세내어
등을 기댄 비린 삶들

꿈에도 진땀 흘리며
낮은 키를 죽인다.

깡통끼리 치고 받다
나자빠진 판자울 새

정갱이를 걷어채인
개망초꽃 질린 낯빛

물먹은 노을을 향해
외다리로 서 있다.

북청(北靑) 달

가을 강에 흐른다
조선 달 한가위 달

특별시로 편입됐던
반세기 전 북청 달

침침한
아흔의 눈에
세상빛이 잠긴다.

살아서는 못 가졌던
한 뙈기 땅 한칸 방

할아버진 마침내
종살이를 벗어났다

비로소
평온한 해방

북청군민이 되었다.

익명(匿名)의 가을

추리소설 속의 여자가 무작정 걸어나와

화장을 지우고
낡은 슬립을 비운다

동공에
비명소리는
끝내 감춰 버린다.

어떤 화해

허물어진 장벽 밑을
낮게 포복하는 햇살들

한 발의 총성도 없이
백기(白旗)는 눈부시고

곧이어
검은 평화가
온 광장을 덮쳤다.

일방통행

사루비아 붉은 꽃들이
슬금슬금 국경을 넘는다

광장엔 전차포보다 무서운 사재기 군단

한 곁에
풀죽은 해바라기
고개 들 줄 모른다.

사랑의 힘

이젠 들을 일 없으리
공습경보 외로운 장탄식

방공호 속 긴장을 깨고
키들키들 웃던 연인들

그네들
남으로 북으로 달려
지천으로 깔린 들꽃.

분단, 그 이후

바라만 보아도
삭아내릴 잿빛 사랑

화산처럼 뜨거웠던
젊은 날 다 보내고

백두산
천지 돌만큼이나
가벼웁게 앉으셨다.

어둠의 끝

북녘에서 흘러내려온
소년병사의 식은 이마

맺혔다가 스러지는
찬 땀방울 방울마다

어머니 낮은 흐느낌
여윈 어깨가 떨립니다.

어둠의 저쪽 끝에서
어둠의 이쪽 끝까지

생피 먹고 자라난
아이들만 우뚝 커서

끝내는 그리움의 총구
제 가슴에 당겼습니다.

소년 병사의 가슴에서
녹슨 연대가 풀립니다

소리죽여 강물은 또
그렇게 풀립니다

달빛에 가슴 베이며
조선 갈대가 웁니다.

백하(白夏) · 1

천둥 번개가 찢고 간
조선의 여름 하늘

우리 하느님
하얀
모시적삼

피 배듯
피 배듯 왁자한
쓰르라미
붉은 울음.

백하(白夏) · 2

뼈도,
살도,
혼마저도 녹아버린
죽음의 집

반짝이는,
반짝이는,
아직 뭔가가
남아 있다

눈망울,
아이의 까만
그 눈빛이
살아 있다.

백하(白夏) · 3

탱크들이 알을 까는
땅끝의 끝 덤불 속으로

너는 귀먹어 달리다
지뢰처럼 터지고

먹빛의
까마귀떼 울음
정지된
시간의
숨,
꿈.

백하(白夏) · 4

퓨즈가 나갔다
순간 세계는 정전

너의 푸르디푸른 눈은
평화를 노래 부른다

웃음이 터져 나온다
폭발하는
화약 연기.

백하(白夏) · 5

복(伏)날이 오기 전에
가야 한다 가야 한다고

누렁이 검둥이
가뭇없이 달렸건만

흰구름
아래 산, 그 아랫 강
혀 깨물고
누웠다.

백하(白夏) · 6

선무당에 신 지피듯
오싹오싹 진저리나는

독초 향내 자우룩한
갈이 피는 세월이 있다

한밤내
징을 치고도
눈 못 뜨는
혼이 있다.

백하(白夏)·7

놓아버려,
놓아버려,
가지를 잡은 그 손

절벽을 뛰어내리는
장부처럼,
장부처럼

흰 목련
창부처럼 시든
약(藥)이 끓는 조선집.

백하(白夏)·8

풀꽃 먹은 아이의
신물나는 이빨 새로

탯줄 끊고 달아나는
초록빛 뱀이 있어

세모꼴
꼿꼿한 눈에
조선 소가 잡힌다

삼켰다 우물거리다
되새김질하는 세월

폭우도 천둥 번개도
무성히만 키워 놓은

숲에는 똬리 튼 초록뱀
와선(臥禪)하는 늙은 소.

백하(白夏) · 9

서울의 민들레는
눈 뜨기가 이리 더디다

최루탄이 터지듯
확 터져버릴 순 없는 걸까

시청 앞
치솟는 분수탑
조요로운
비둘기떼.

백하(白夏)·10

화살이 되고 싶은 너와
활시위가 되고 싶은 내가

눈맞추곤 팽팽히
가다듬은 호흡이다만

과녁은
어디고 없어라
저 혼자서
떠는 바람.

백하(白夏) · 11

태국 법왕이 로마 교황의 초청을 받았다
섣부르게 콧대 높은 교황청 관리들은
법왕을 한 단 낮추어
장관석에 앉게 했다.

그러거나 말거나 법왕은 말이 없었다
돌아와 답례로 교황을 초청했다
그리곤 두 단 아래 앉혔다
태국 법(法)은 이렇다고.

백하(白夏) · 12

개도 개 나름이지
미국산 잡종견쯤 되면

들이쉬고 내쉬는 콧심이
사뭇 위풍도 당당하다

황인종
납작한 콧대쯤
더 뭉갤 것도 없이.

백하(白夏) · 13

목숨의
새떼가
가볍게
날아올랐다

정오의
푸른 시각
상한 갈대숲이
흔들렸다

이따금 하늘 저켠서
날개 소리
들렸다.

백하(白夏)·14

폭풍의 눈을 안고
반란하는 빛을 안고

첨탑 끝
피뢰침 위
길을 물은
새 한 마리

여의도 자취없는 섬
흔들려라,
눈먼
우리.

백하(白夏) · 15

천 조각
만 조각
비늘치는 나달에

흩날리는
꽃잎들을
잠재우고 난 자리

불꿈만
깊었습니다
숨은 거울
문지르며.

백하(白夏) · 16

종이꽃 흰 무더기 무더기 무더기……

흐를 듯 멈출 듯 실핏줄 퍼런 울음……

끝채도 멍에목도 없이
바퀴마저 앗긴 수레.

백하(白夏) · 17

불 끈 자동차 소리죽여 골목을 빠져나가고

목젖이 떨어져라 호루라기 우짖는 한낮

불구경 나선 사람들
잿빛 거리로 숨었다.

백하(白夏) · 18

시립 도서관 한 귀퉁이
천상 시인 김종삼(金宗三)은

검은 구두 벗어 놓고
잠의 나라로 스며든다

다우의 꼭꼭 숨은 얼굴
더리카락 보인다.

6월의 시 낭송회
진정제에 잦아들고

즈리개가 막 닫히는
남산의 한점 석양

다우는 빈 자리로 남았다
갯빛 안개 흐른다.

백하(白夏)·19

꽃들은 날면서 무슨 생각을 하는 걸까
날기 전엔 돌이었음을 짐작이나 하는가
눈물꽃 천만 조각이 안개 속에 뿌려진다.

꽃이었을 걸 그랬다 날면서 돌이 되는,
우리도 얼굴 가린 돌이었을 걸 그랬다
날다가 문득 멈춘 돌, 너를 향한 외마디.

백하(白夏) · 20

가고 있다 마하 카샤파
흰 코끼리 등에 업혀

깨진 바리때 주워 맞추며
끄억끄억 눈 붉히며

연꽃은
한잎 또 한잎
동쪽으로 지고 있다.

백하(白夏) · 21

허공을 삼키니
그 삼킨 것은 어디로 가나

만다라 우거진 속을
아이야 나는 숨었다

보아라,
보아라 이 맛
조선 소주 아린 맛.

백하(白夏) · 22

누군들 열사(烈士) 아니랴
아득키만 한 이 땅

삶에 고문당하는
지지리지지리 못난 것들

누군들
쥐약 먹고 싶으랴
쥐약 먹고 싶으랴.

하느님의 낡은 카메라가 터뜨리는 푸른 섬광,

눅눅한 기억의 내 헛간 문을 열뜨리네

그 속에 떨쳐 일어서는
흰 망아지 한 마리!

백하(白夏) · 24

공기처럼 가볍게 살아야만 한다고
어느 위대한 스승이 말끝마다 되뇌었다
죽어서
가볍게 그는
불사리로 변신했다.

사리탑을 세워야만 했던 사랑하는 그의 제자는
스승의 사리를 팔러 극락으로 쫓아갔다
모른다
너도 또 나도
무슨 난장 게 섰는지.

맨드라미 타던 가슴은

이제 흰 뼈로만 남았구나

명부전에도 못 들어간

죽은 아이 서넛이

문빗장 빠끔이 열고

내다본다, 사람아.

백하(白夏)·26

조선 낫으로도 끝내 못벤

시간의 성난 머리채

그 머리채에 칭칭 감겨

미지로 간 누가 있나

부러진 만장(輓章)에 기대

신(神)이여, 왜 네가 우나.

돌·1

내가 낳은 믿음은
자라면서
돌이 되었다

방향도 없이
방향도
하나 없이

그리운
돌팔매를 날리는
눈먼 돌이 되었다.

돌·2

그대 옆구리에
피어 있는
푸른 곰팡이

그대 바리때에
얹혀 있는
찬밥 한덩이

생애의
물가에 나앉아
웃고지고
울고지고.

돌·3

한 사내가
울고 있다
꽃도 피지 않는
벽 속

새벽은,
나의 새벽은
어디쯤서
죽어 있나

찬란한
어둠을 쪼아대며
울고 있다
그 미명(未明).

돌·4

그름은 흘러서
서천(西天)
서역으로
가고

돌은 흘러서
그리운 돌에게로
간다

한천(寒天)엔
먼
기러기떼
떨리는
풍경,
풍
경.

돌·5

태(胎) 밖으로 던져진
장미의
곧은 숨결

꼿꼿이 날아가는
태양의
화석의 눈

마침내
돌아오지 않는
먼 바다로
난 길.

돌·6

여기, 스러지는
찬이슬이 있다

이보다 더한 삶이
어디 또 있으랴

하늘의
그물을 깁는
빛나고도
따뜻한
손.

돌 · 7

저무는 겨울 바다
수평선 접어 두고

쌓았다 허물었다
파도 혼자
짓는 집

갈매기
끼룩 날개쳐 봐도
너는, 아아
말없구나.

돌·8

자기의 눈높이만큼 지평선을 걸어 두고

지평선을 바라보는 눈은 행복하여라

삶이여, 끝내 닿을 수 없는 내 영혼의 지평선이여.

돌·9

덫이 숨어 있었다
구름이 뚝,
멈췄다

뜬세상 몇 조각
뜬금없이 걸려들고

젊음은
생피 흘리며
짐승처럼 달아났다.

돌·10

지구 저편 끝에서 누가 폭죽을 쏘아올리나

느닷없는 꽃향기 찬비 속을 걸어오는

무한정 열려 있는 길로
카키색의 그도 오는.

어느 딱정벌레의 죽음

태아처럼 꼬부리고
푸른 갑옷의 너는
어느 무심한 발자국이
짓밟고 간 풀밭 위
이제 막 잠이라도 든 듯
그렇게 누워 있다.

단단한 갑옷은
입은 채로 으깨지고
한쪽 눈만 덩그러니
하늘 향해 열려 있다
견디기
힘든 건 오직
땅의 소리 들리는 것.

사랑하던 대지의 손을
이제는 완강히 잡고
팍팍한 그 가슴에

따순 피를 흘려 주고 있다
불현듯
일어서는 불꽃
초록 전쟁 위 초록 불꽃.

어둠들의 뼈

떠도는 어둠들의 뼈가 살을 찾아 헤매고 있다
돌려다오 나의 살을, 나의 살의 뿌리를
눈 멀 듯 안개의 숲을 돌아돌아 오고 있다.

별들이 죽은 밤은 별을 위해 집을 짓고
꿈이 죽어나간 밤은 꿈을 위해 집을 헐던
그대의 이마가 젖어 죽음을 장사지내고 있다.

오늘 밤 어디선가 목졸리는 개들의 울부짖음
소문은 머리를 풀고 우우우우 몰려와서
빈 벌판, 벌판의 끝에 또 하나의 기(旗)를 꽂는다.

새들은 날기를 두려워하지 않는다

새들은 날아올라 무엇이 되나
어느날 지상에서 문득 사라져버린 새들
아무도 찾는 이 없다
새들의 집, 혹은 무덤.

땅 안에도 땅 밖에도 집을 짓잖고 새들은
물 먹은 땅의 울음 물 먹이는 땅의 끝까지
물 먹은 혼으로 날아
꿈결에도 나른다.

새들은 날아올라 무엇이 되나
물 먹은 혼으로 다시 문득 솟구쳐
새들은 무엇이 되나
새가 한번 돼보나.

날콩 같은 태양을 쪼아도 보는 여기,
새들은 날기를 두려워하지 않는다
지상의 가장 깊은 곳으로

꼿꼿이 날아간다.

달팽이

기어가고
기어가고
기어가다
기어가고

도사리고
도사리고
도사리고
도사리고

깨진 집
눈먼 달팽이
어린 잎에
달팽이.

무욕의 세계에서 우러나는 향기

허 남 춘

제주대 교수

1. 우리에게 현대시조란 무엇인가

조선조에 유행하다 이제 그 전통은 사멸되고 일부 사람들에 의해 답습되는 고전적인 양식인가. 아니면 고려 말에 발생하여 16세기부터 본격적으로 창작되던 것이 500여 년 동안 계속 명맥을 유지하는 역사적 장르인가. 20세기 초 애국계몽기 시가(시조와 가사)는 중세적 형식이란 그릇에 근대정신을 담는 중요한 역할을 수행하였으나 후에 일제에 의해 강제 퇴장당했다. 그 자리에 서구적 서정시가 대체되었고, 우리의 근대시는 바로 일본을 경유한 서구적 근대의 이식이라고 대부분 주장하고 있다. 그러나 온당한 시각이 아니다. 시조에 담으려던 근대적 정신은 일제에 의해 그 발전적 계승이 저지되었지만, 이후 20년대 만해의 시로 이어졌고, 시조부흥운동으로 이어졌다. 그리고 지금 주옥 같은 현대 시조가 있지 않은가.

시조는 정형시이고 이는 낡은 중세적 형식이라 운운한다. 근대는 자유시와 산문시의 시대라 한다. 시조나 가사 같은 낡은 형식을 버리고 자유시를 얻게 된 것이 중세성을 청산하고 근대성을 획득한 자랑거리처럼 말하고 있다. 그런데 시가 정형율을 지니면 촌스러운 것이고, 정형율에서 벗어나 자유율을 구가하면 현대적이고 가치 있는 것인가. 의아할 뿐이다. 현대의 일본인들은 아직도 하이꾸 짓는 일을 자랑스럽게 여기고 있으며, 미국에도 2만여 명의 하이꾸 시인이 있다고 한다. 그런데 우리는 우리 것을 버리는 일을 자랑스럽게 여긴다. 현대시가 시 속에 있던 음악성을 상실하며 그 존립을 위협받고 있는 현실이 아니던가. 4음보 3행의 단정한 율격에서 오는 미감, 즉 음악성을 중시하는 사람들에 의해 시조는 현대에도 살아 있다. 그리고 나는 어느 여고생의 시조 백일장 당선소감을 기억한다. "시조는 수다스럽지도 않고 간결해서 좋아요" 휴대전화를 통해 쏟아지는 수다스런 문화를 혐오하는 사람들이라면 이 간결의 미학을 알 것이다.

백이운의 시조에서도 전통의 향기를 느낄 수 있다. 전통시조에 있던 균제미나 안정감, 변화미와 완결미를 느낄 수 있고, 내적 성찰의 기미를 감지할 수 있다. 그런데 조선조의 시조가 유가적 세계관에 의한 것이라면 그에게서

는 불가적 세계관에 의한 내면의 응시가 두드러진다. 그러
나 그것은 무·불·도·유가 결합된 민족 정서의 표출이
고, 현대적 발랄함과 자의식의 분출이며, 내다보기와 들여
다보기의 다양성으로 드러난다.

2. 먼 곳의 그리움

백이운의 시조에서 우선 두드러지는 것은 '먼' 곳에 대
한 응시이다.

살아서 그리움보다/ 더 먼 것은 없었네
—「귀뚜라미」 부분

한사코 더 먼 데로만 귀를 열고 있었어라
—「그 날 나는 하염없이 가는귀 먹어」 부분

길은 먼 데로 뻗어 있다.
—「길」

귀뚜라미 소리를 들으며 님을 그리워하는 여인의 심정
이 드러나고, 깊은 밤 잠 못 들고 슬피 우는 가을의 구애
곡이 들려 온다. 또한 부드러운 사랑의 속삭임이 잠시 귓
전을 스치고 지나가더라도 먼 곳을 향한 그리움이 더욱

간절하다. 그래서 지난 젊은 시절의 상처를 떨치고 먼 곳
으로 향한다. 먼 곳의 그리운 소식을 향해 귀를 열고 있는
화자의 모습 속에 작가의 사랑을 향한 그리움이 스친다.
그리움은 늘 질펀하다.

분홍빛 아련한 그늘로 눈물꽃 사태진다

―「눈물꽃」

울면서 따라간 낮달 바람 한 점 얻어오네

―「적(寂)」

허전히 가을만 남아 빈 배 곁에 기댔네

―「그 날」

시도록 아픈 젊음이/ 나에게도 있었거니

―「길」

유독 종장 쪽에 슬픔이 배가된다. '아련한' '울면서' '허
전히' '시도록' '눈물'의 단어들이 센티멘탈리즘의 서정을
느끼게 한다. 대부분의 현대시가 지나친 감상주의에 빠져
들고, 충일한 감정이입을 시작(詩作)의 전범으로 여기는
태도가 있는데, 백이운에게도 그런 느낌이 든다. 수식어들
이 글자수를 채우기 위한 배려처럼 느껴지기도 한다. 그러

나 그를 감상주의의 아류로 여겨서는 안 된다. 그녀의 섬세한 손길이 닿는 곳에서 그런 감상적 정서가 일부 드러날 뿐이다. 작가의 여성성과 모성애가 스쳐 지나간 곳에 남겨진 다정다감이다. "혼곤히 잠들어 버리는 건 무슨 까닭이람"(「게으름을 위한 명상」)에서의 '까닭이람'과 같은 표현은 누구도 흉내낼 수 없는 그녀만의 앙증맞음이다. 진정 그녀의 품안에 들면 복잡한 심사를 떨치고 곤한 잠을 잘 수 있을 것 같다.

> 산벚나무 박달나무 적송 뒤로 물푸레나무
> 말뚝댕기 드리운 그리운 이름들이
> 한 발짝 다가와서며 더운 손을 내민다
>
> —「암자로 가는 길」

숲 속의 나무들이 묵묵부답으로 서 있다가 그녀가 다가서면 더운 손을 내 밀 듯이 친근해짐은 지극한 관심과 사랑 때문이리라. 우리들에겐 그냥 나무로 지칭되는 것들의 이름을 하나하나 나열할 때까지 먼 거리의 객관적 사물들이었는데, 그녀의 숨결이 닿자 푸른 기운으로 살아난다. 그래서 '그리운' '더운'의 형용사가 대상을 한정하더라도 감정과잉의 폐단은 없다.

> 속 다 빼먹혀 우렁우렁한 우렁 껍질

내장 죄 훑어내어 눈 그윽한 등신불
뱃길은 굽어 팔십리(八十里) 흰 돛폭만 펄럭였다

―「그」

산은 묵묵부답으로 멀찍이 앉아 있고
눈길 주지 않고도 강은 흘러갔어라
허전히 가을만 남아
빈 배 곁에 기댔네

―「그 날」

「그」의 초·중장에는 마음 속을 모두 내 주고 내장까지 꺼내 준 헌신적인 사랑이 드러난다. 그러나 애욕에 애달파 하지 않는다. 그저 그윽한 눈길로 그의 떠남을 바라보고 있다. 초·중장의 '나'의 정(情)이 종장의 '그'의 경(景)으로 마무리된다. 정경(情景)이 뒤집혔다면 감상적 정서로 빠질 수도 있었고, 등신불 혹은 망부석의 의연한 척함이 거짓으로 여겨질 수도 있었는데, '그'를 경(景)으로 처리하여 맑고 상쾌한 시상을 얻었다. 시어의 조합과 배열이 절묘하다. 「그 날」의 초·중장에는 산의 정(靜)과 강의 동(動)이 잘 어우러진 경(景)이 되고, 종장의 정(情)도 경(景)으로 남게 만들어 '허전히' '빈'의 감상적 정서를 차단한다. 3인칭을 1인칭의 빈 공간으로 수렴하는 기발함이 있다. 그래서 백이운의 시조에서 '먼' 공간을 향한 막연한 그리움은 '빈'

100

공간의 적(寂)으로 향한다.

3. 빈 곳, 무욕(無欲)의 세계

먼 곳을 향한 그리움으로 외피를 입은 시조의 궁극적인 지향점은 인간의 욕심과 집착을 버린 '무욕의 세계' 혹은 '윤회의 끝'이다. 길이 먼 데로 뻗어 있다고 한 배경에는 불교적 인생관이 스며 있다. "스무 해 전날의 푸른 자전거 바퀴가/ 스무 해 뒷날의 자전거 바퀴를 굴리네"(「길」)에서처럼 젊은 시절의 삶의 태도가 중년의 삶의 내용을 결정한다는 인과론을 제시하고, 현생(現生)의 내 삶은 또 내생(來生)의 삶을 결정할 것임을 알고 있다. 여기서 자전거 바퀴는 윤회의 수레바퀴를 의미하니, 그 먼 곳은 윤회의 끝임을 알 수 있다. 그는 현생을 전생(前生)의 결과라고 하며 "삼월은 전생(前生)의 빚 갚는 달"(「신(神)의 삼월」)이라 했다. 익명의 꽃이 꽃샘 추위에 바스러지는 시련을 당함을 보고 그렇게 말했다. 꽃은 봄이 오면 저절로 피는 것은 아니다. 우수와 경칩이 지나고 봄이 온 듯하지만 삼월의 모진 꽃샘 추위를 견뎌내야 비로소 꽃을 피울 수 있는 법이다. 마찬가지로 시련을 견디는 자만이 인생의 결실을 맺을 수 있음을 일깨워주고 있는데, 그 시련은 누구에게나 각치는 것이고 전생의 업의 결과라는 인과율을 화두처럼 던지고 있다. 이를 운명론적 결정론으로 보지는 말자. 어

차피 누구에게나 닥치게 마련인 시련과 고통을 잘 이겨내
야 한다는 당위로 보자.

자신의 현생을 윤회의 고통으로 표현한 「전생(轉生)」을
보면 그의 세계관이 명료해진다. 깊은 벼랑에 절망을 들쳐
업고 오르고 있다고 하며, 산정은 보이지 않고 넝쿨에 발
목이 찢긴 상황, 어둠이 덮쳐 앞을 볼 수 없는 상황에 처
해 있다고 했다. 자신을 보호할 어떤 끈도 없이 벼랑을 오
르는데 앞은 깐깐한 어둠이 덮쳐 두 눈마저 멀게 됐다고
했다. 고통이 늘 엄습해오고 한 발 아차 하면 벼랑 아래로
떨어질 정황이건만, 간절한 목표도 없이 갈 길 몰라 허둥
대는 우리의 인생살이를 향해 "놓아라"라고 작가는 절규
한다. "불현듯, 놓아버린 손 지금 나는 허공 중이네"라 했
다. 우리의 끊임없는 욕망의 줄을 놓으면 인생의 해답을
얻을 수 있다는 '방하착(放下着)'의 화두를 던지고 있다.

해진 고무신에 누더기 장삼을 남기고 떠난 스님을 떠올
리며 "우리들 넝마 같은 삶을 좀 돌아보라고" 권하기도
한다.(「빈 산」) 허공장(虛空藏)에 와 웃어 보기도 하고 춤
도 추어 보라는 가르침을 남기고 떠난 스님의 이름이 빈
산에 가득하다고 했다. 누더기 옷을 입고 신라의 거리를
돌아다니며 무애가를 부르고 춤을 추던 원효 스님을 연상
케 한다. 땅 속의 귀신을 제도하는 이가 지장(地藏)보살이
라면, 허공 속의 귀신을 제도하는 이가 허공장(虛空藏)보
살이다. 넝마 같은 삶을 사는 우리들이 허공을 떠도는 귀

신 같은 삶을 살고 있으니 그런 삶을 한번 돌아보라고 질책하고 있다. 가난했기 때문에 더욱 큰 것을 얻을 수 있었고, 비어 있기 때문에 가득 채울 수 있음을 일깨워준다.

> 고통이 신(神)인 세상에서도 넉넉했던 내 바리때여
> 하나를 비우면 비운 만큼 채워지고
> 다시 또 비우고 나면 그 이상을 넘쳤어라
> 잘라낸 가지에서 초록 새 잎 나듯이
> 때가 되면 돌아오는 목숨, 목숨의 향기
> 가슴에 금빛 햇살 달고서 종내 나는 느꺼웠네
>
> —「고통이 신(神)인 세상에서도」

내 주변의 일화 하나를 소개한다. 12년 전 후두암을 선고받고 방사선 치료를 하던 이가 술도 끊고 담배도 끊었건만 암세포는 더욱 커져만 가자 크게 낙담을 하고, 1년간 휴직을 결정하고 고향 서귀포에서 서서히 죽어갔다고 한다. 그런데 어느 날 감귤나무 자른 가지에서 새 잎이 나는 것을 보며, 아하 인생은 제 스스로 어찌하는 것이 아니라 신의 섭리로 이루어지는 것이구나란 깨달음을 얻은 후, 살아야한다는 욕망을 버리고 세상사의 집착을 끊었다고 한다. 여생을 잘 마무리하겠다는 생각과 세상에 감사하는 마음을 갖고 신에 귀의했더니(그는 기독교 신자이다) 기쁜 마음이 새록새록 커갔다고 한다. 목도 예전처럼 아프지 않고 몸의 움직임도 가벼워졌기에, 서울 병원에 가 진단을 받았더니 그 암세포가 현격히 줄어들었다고 했고, 두 달 후에 다시 찾으니 흔적도 없이 사라졌다고 한다. 그리고 그는 10년 전부터 지금까지 완전히 건강하다. 아 마음을 비우면 잘라낸 가지에서 새 잎이 돋아나듯 목숨도 돌아오게 되는 것이 아닌가. 마음을 비우면 채워지고 목숨에도 향기가 솟아나는 이치를 가슴으로 느끼는 시인의 깨달음이 전해진다. 그래서 백이운 시의 화두는 '비움'이다.

가지도 없이 꽃을 피운 철쭉을 바라보며, 일상의 관념과 집착을 "버리지 않고서는 볼 수가 없구나"(「귀명(歸命)」)라 하며 '버림'을 이야기한다. 싱싱하고 무성한 수목의 꽃과 잎들이 조락하여 각기 그 뿌리로 돌아가 고요함[靜]을 얻게 되고, 이를 천명대로 돌아간다고 한다는 노자(老子)의 '복명(復命)'을 시 속에 구현하였다. 버리고 떠나고 죽는 일이 고요함을 얻는 길이며 또 다른 생명의 잉태를 준비하는 길이다.

위의 시는 '버림'을 이야기하고, 버려야 실상(實相)을 볼 수가 있다고 한다. 도시의 번잡 속에서 절규하는 그는 "도심의 덫에 걸린 들짐승 우우 앓는 황혼녘, 길상사(吉祥寺)는 어디에 있는가…실상은 어디에 있는지"(「길상사(吉祥寺)는 어디 있는가」)라 하며 실상을 찾아 나선다. 길상사라는 절을 찾아가야 그 실상을 만날 수 있다고 생각하지는 않는다. 실상은 마음 속에 있고, 그 마음조차 모두 버려야 실상을 얻을 수 있음을 깨닫고 있다.

　　화살 같은 빗소리도
　　이 방에 들면 둥글어지고
　　흐릿한 불빛 아래
　　일념(一念) 오롯해진다
　　천지간 가득한 은혜
　　차고 넘침이 없구나

―「한 평 반」

　여기서의 한 평 반은 어디인가. 무덤 아니면 화장실일 게다. 세상의 모든 현상이 죽음 뒤에는 무덤의 봉긋한 봉분처럼 둥글어지고, 죽음이 모든 고통을 떨쳐버린 은혜처럼 여겨질 수도 있을 것이다. 수천 평의 땅과 수백 평의 집을 짓고 떵떵거려도 돌아가 누울 곳은 한 평 반의 무덤이면 족할 것을 사람들은 왜 그리 재물에 집착하는지 모르겠다는 가르침으로 들어도 좋겠다. 흐릿한 불빛의 화장실에서 무언가를 버리고 나면 가득 채워지는 기쁨, 이 기쁨도 역시 욕망을 털어낸 뒤의 법열 혹은 진악(眞樂)을 뜻하니, 한 평 반은 화장실이고 그곳에서 무욕(無欲)의 세계를 경험한 술회인 듯하다. '차고 넘침이 없는' 세상은 일상의 공간에서 그리 멀지 않구나.

4. 일상과 폭력

　그의 일상은 사랑으로 채워져 있다. 그리고 어린 시절
의 추억 속에 그 사랑이 넘친다. 초등학교 시절의 이 잡던
애, 디디티 가루를 뒤집어 쓴 애, 배급 타는 애를 떠올리
며 쑥개떡을 먹던 시절을 회상한다.(「쑥개떡」) 어린 시절의
기억은 약수동의 추억으로 이어진다. 골목 어귀에 있던 해
장국집 여인네의 넉넉한 정을 이야기하며, "이 강산 낙화
유수(落花流水) 흐르는 사랑"은 선지의 붉은 빛으로 살아
나 상처 입은 사람들의 삶을 끌어안는다. 현재에서 과거로
돌아간 기억 속에서 "반쯤은 늘 젖어 푸근한" 삶을 현재
시제로 낚아 올린다.(「이 강산 낙화유수(落花流水)」) 꿈에
검정신을 잃고 맨발로 헤매다 집에 들어가지 못하고 추녀
밑을 서성거리는 설정도 어린 시절 그의 가난했던 기억이
리라. 그는 새 신을 신겨 줄 신랑의 만남을 희구하고 검정
신이 희게 되길 기원한다. 한 남성에 의해 운명이 전환되
길 바라는 꿈속에 여성스런 나긋한 풍모가 느껴진다.(「새
벽 닭 우는 소리에」) 사랑을 받을 줄도 아는 여성이다. 차
가운 슬픔 속에 놓인 별이 신(神)의 "뜨거운 입김 불어 넣
어주길"(「별」) 기다리는데, 인간을 예쁜 별로 치환하여 사
랑의 입김을 기다리는 존재로 그린 점도 위와 상통한다.
　그의 사랑은 견고하다. 벼락맞은 대추나무처럼, 부적처
럼 영험을 지닌 견고한 맹세가 있다. 기다림 속에서도 사

랑은 퇴색되지 않고 더욱 강해진다. 그리움을 따라 강물을 너려가면 "내 사랑 반쯤 굽은 돌이 되어 앉아 있구나 물소리 몸에 두르고 물이 되어 앉았구나"(「흔적」)에서처럼 그의 사랑은 돌처럼 불변하고, 물처럼 유연하고 영원하다. "앉아 있구나, 앉았구나" "되는 거야, 싶은 거야"에서 중장과 종장의 리듬이 반복된다. 초·중장의 시상이 종장으로 결집되지 않고 중장의 의미를 반복함으로써 "어마님ᄀ티 괴시리 업세라 아소님하 어마님ᄀ티 괴시리 업세라"(「사모곡」)의 고려가요적 여운을 주기도 한다.

그의 사랑은 중력이 있다. "지구의 중심을 향해 자신을 던지는 거다…모과 같은 사랑 있어 또 가을은 오는 거다"(「원(願)」) 자신의 무게로, 사랑의 무게로 땅에 떨어져 또 다른 결실을 예비하는 희생적 삶의 가치를 던져 준다. 우리의 사랑이 하늘만을 향해 경배한다거나 이미 정해진 핏줄의 관계 속에서 맺어진다거나 이데올로기적 화해만을 꿈꾼다면 인생은 무미건조할 것이다. 모과처럼 땅을 향한, 지구의 중심을 향한 사랑이 존재할 때 우리는 풍요를 꿈꿀 수 있을 것이다. 모든 이의 지구를 향한 사랑이 어느 꼭지점에서 만날 때 우리는 평화를 기약할 수 있는 것이다.

그의 그런 사랑은 일상의 폭력을 거부한다. 매일매일 신문을 채우는 흉물스런 사건 기사 속에서 좌절하며 "내게 주어진 평화, 참말로 똥 같아라"(「내게 주어진 평화」)라

내뱉고 있다. 시도 때도 없이 비질을 해도 씻기지 않는 우리 사회의 폭력성에 안타까워한다. 사회 평화니 세계 평화니 하는 말들이 헛구호임을 '똥 같아라'란 신랄한 말로 들추어내고 있다.

우리 사회에 만연한 폭력성은 우리들이 무심코 보고 지나치는 헐리우드 영화에서 비롯되고 있는데, 그러한 헐리우드 영화의 폭력성을 고발하기도 한다.(「그」) 한편 일제의 파시즘적 폭력이 휩쓸고 지나간 대동아전쟁 당시의 조선의 비애를 들추기도 한다. 어린 학도병이 전쟁에 끌려갔다가 죽어 메이지 신궁에 제사되기에 그곳 풍경이 "죄죄, 운다"(「풍경」)라고 하여 일본 제국주의의 죄를 *끄집어낸다.* "조선 집 추녀 끝에 날아와 밤새 죄죄, 운다"고 듣는 이유는 나라를 잃은 우리의 죄와 비애를 의미하는 것은 아닐까.

내 귀가 문드러져
내 입이 문드러져
내 살이 문드러져
내 뼈가 문드러져
화약 문 내 피가 문드러져
검은 비에 젖고 있네

—「사막의 달」

육신이 문드러짐을 낱낱의 부분을 들어 반복하고 있는데, 그 원인은 "화약을 문" 때문일 것이다. 우리 삶의 비애는 화약 즉 무기와 전쟁의 폭력에서 비롯되고 있다고 고발한 시이다. 이처럼 작가는 사회의 폭력성에 진저리를 친다. 그리고 자그만 일상의 폭력에도 반성의 칼을 간다. 바퀴벌레를 책으로 내리쳐 죽인 후, 생명에 대한 경외를 느끼져 후회하고 자신의 살의에 몸을 떤다.(「복(伏)·바퀴벌레·점심」) 꽃이 피는 소리를 "목련은 신명난 북채 하늘 북을 두들긴다"(「목련은」)라 하여 우뢰 같은 생명 탄생의 소리를 듣는 그가, 작은 벌레 한 마리에도 인간에게도 생명의 경외를 느끼고 있음은 당연하다.

5. 향기(香氣)

백이운의 시조에는 향기가 있다. 자신의 욕망을 비우면서 얻게 된 여백의 향기가 있다. "잘라낸 가지에서 초록 새 잎 나듯이 때가 되면 돌아오는 목숨, 목숨의 향기"에서처럼 푸른 목숨의 향기가 있다. 화려하지 않은 잡목이나 들풀꽃의 질긴 삶 속에서 느껴지는 질박미가 있다. "잡목들 품어 향기로운 숲"(「기억 속에」)이란 구절을 읽으면, 완숙한 여인은 장미나 백합의 화사한 꽃이 아니라 끈질긴 기아욱 풀꽃의 향기로 피어난다는 『고요한 돈강』의 질박한 여인을 떠올리게 된다. 백이운도 들풀의 향기를 지녔으

리라.

> 향산(香山)의 잘린 집게손가락이
> 선암사 두물 차를 내는데
> 내고 또 내어봐도
> 첫물 향 첫물 맛이다
> 사방이 탁 트인 해우소(解憂所)
> 또한 그 집 가풍이다.
>
> ―「향산(香山)의 집게손가락」

남북통일이 되면 묘향산에 들어가 수행하겠다는 원(願)을 세운 향산 스님은 연비공양을 하였던가 집게손가락이 없다. 용맹정진하는 스님이 끓인 차에서 당연히 본성 같은 변하지 않는 차 맛이 우러날 것이다. 첫 잔은 색깔로, 둘째 잔은 향기로, 셋째 잔은 맛으로 먹는다는데, 향산의 차는 첫 잔부터 여러 번 우려 낸 잔까지 맛과 향이 어우러져 진여일체(眞如一體)이다. 그 차를 마시는 작가의 미각과 취각이 그리 된 것이다. 작가는 화장실에서도 차 향기를 맡고 있는 것은 아닐까. 선암사 절집의 향기가 잘 전해진다.

"재 너머 성권농(成勸農) 집에 술 익단 말 어제 듣고"의 정철 시조를 연상케 하는 「바람으로 빚은 술」은 "바람으로 빚은 술 마침 잘 익었다기 언덕 너머로 찾아갔더니 향기로만 남았네 못물을 활짝 열어놓고 연꽃 환히 피었네"
에서처럼 술 향기를 맡고 재를 넘는다. 술 향기를 아니 웬
만큼 낭만적인 구석이 있다. 그런데 그 술은 바람으로 빚
었다고 했다. 모든 것은 쉼이 있지만 바람은 끊임없어 세
상의 생명력이다. 바람은 그 불어제침 속에서 영원히 존재
하는 것이니, 그 술은 생명력의 원천일 게다. 그런데 그곳
에는 연꽃이 활짝 피었다고 하니 색깔과 향기가 절묘하게
어루러진 경계이다. 꽃과 술 때문에 생명력이 넘치는 이상
향을 그려 놓았다. 제의적인 주술성까지 전해주어 섬뜩하
다.

"어릴 적 낭창낭창한 어머니의 회초리 맛"(「안행(雁行)」)
에서는 치통을 앓던 기억을 가는 회초리가 종아리를 파고
드는 듯한 아픔으로 표현하여 감칠맛이 난다. 작가는 곳곳
에 이런 의태어나 의성어를 사용하여 생동감을 더해 준다.
"싸리꽃 왁자한" "찰박이던 물결" "깍깍 우는 까막까치"에
서 섬세한 표현력을 느낄 수 있다.

> 우리 가슴 어딘가에도 히말라야가 서 있듯이
> 우리 가슴 어딘가에 설인(雪人)은 살고 있다
> 때로는 미답의 산정(山頂)까지 우릴 불러도 간다
>
> ─「그리운 히말라야」

전체가 3연인 이 시조에서 1연은 설인(雪人)과 산의 관

계를, 2연은 하늘과 산과 설인의 관계를, 그리고 여기 제시한 3연은 산과 인간의 관계를 제시한다. 우리 가슴속에도 높고 깊은 산의 심성이 있으며, 산에 깃들어 산처럼 사는 설인의 심성이 있다고 한다. 높은 곳에 올라 인간 심성의 바탕을 굽어보는 듯한 고취가 있다. "설산이 높고 깊은 건 그가 거기 있어서다"의 절창을 들으며, 인간이 산에 깃들어 산의 심성을 닮을 때 높고도 웅대한 뜻을 가질 수 있다는 해석을 해 본다. 문명을 거부할 수는 없지만 우리 삶에서 밀려난 자연, 특히 우리네 신화와 전설이 점철된 산을 끌어안을 때 문명의 때를 벗고 욕망에서 자유로울 수 있을 게 아닌가. 작가는 산 같은 깊은 향기를 전해주어 심혈에 누적된 잡념을 일거에 씻어 주고 있다.

이 글은 작가의 신화와 전설을 담은 시들을 채 해독하지 못하고 있다. 남사고(南師古)의 고사나 상산산호(商山四皓), 한산습득(寒山拾得)의 고사도 눈에 띈다. 그의 시는 폭이 넓다. 그러나 이 글에서는 두드러진 특징만을 몇 가지로 살필 뿐이다. 특히 '먼'과 '빈'의 무욕의 경지를 깊이 드려다 보았다. 독자들은 그의 시에 들어가 앉아 세상을 내다보길 권한다. 상쾌한 세계가 펼쳐질 것을 확신한다.

백이운 연보

1955년   서울 왕십리에서 태어남.

1972년   고등학교 3학년 때 이우종 선생님이 내신 『모국의 소리』
        에 감명을 받아 시조의 세계에 눈뜸.

1973년   서울 진명여자고등학교 졸업. 이 해 『시조문학』 독자란
        에 작품을 계속 발표함.

1974년   백수 정완영 선생께 본격적으로 시조를 사사하기 시작함.

1977년   월간 『시문학』 추천완료.

1979년   월간 건축 미술잡지 『공간』 입사.

1980년   서울예술전문대(지금의 서울예대) 문예창작과 졸업.

1981년   『주부생활』(학원사) 출판국 입사.

1987년   도서출판 백상(白象) 창립.

1988년   <한국여성문학인회> 간사.

1990년   <한국여성문학인회> 이사. 제8회 한국시조문학상 수상.

1992년   <한국시조시인협회> 이사.

1994년   제4회 한국시조작품상 수상. 제1시조집 『슬픔의 한복판』,
        시집 『나무 위의 집』(증보판 ; 백상) 펴냄.

1995년   도서출판 동방(東芳)기획 창립.

1998년   <한국문인협회> 감사, <한국여류시조문학회> 상임이
        사.

1999년   이호우시조문학상 수상.
2000년   제2시조집 『왕십리』(동방기획) 펴냄. 계간 『시조세계(時
        調世界)』 창간.